獻給我的母親，以及潘蜜拉

♥IREAD

穿芭蕾舞裙的老虎

文　圖	菲比·聖地亞戈
譯　者	胡培菱
發 行 人	劉振強
出 版 者	三民書局股份有限公司
地　址	臺北市復興北路 386 號 (復北門市)
	臺北市重慶南路一段 61 號 (重南門市)
電　話	(02)25006600
網　址	三民網路書店 https://www.sanmin.com.tw
出版日期	初版一刷 2017 年 2 月
	初版二刷 2022 年 4 月
書籍編號	S857281
I S B N	978-957-14-6274-5

Originally published in the English language as TIGER IN A TUTU by The Watts
Publishing Group. Ltd., an imprint of Hachette Children's Group, in 2016
Text and Illustrations © 2016 Fabi Santiago
Chinese translation right © 2017 San Min Book Co., Ltd.

小山丘官網

穿芭蕾舞裙的老虎

菲比·聖地亞戈／文圖　　　胡培菱／譯

三民書局

很久很久以前——也不是那麼久啦——
在巴黎，住著一隻叫麥克斯的老虎。

麥克斯可不是一隻普通的老虎……
他是隻有夢想的老虎。

搖擺步

躂腳轉

他最大的願望就是

大跳躍

飛躍

貓跳

當一個芭蕾舞者！

每天，麥克斯都會去芭蕾學校。
他不是去跳舞的，因為老虎不可以進
去上課。他只能隔著窗戶羨慕的看著
她們，渴望有一天能夠加入。

麥克斯**沒有**舞鞋，也**沒有**芭蕾舞裙，
只有音樂在他的心裡。

但是，麥克斯並不想放棄。

他旋轉著……

……穿過了巴黎的街道。

他優雅的跳過了塞納河……

最後，沉浸在美夢裡的麥克斯，以一個炫技式的旋轉作為結尾，就在那……

爬到艾菲爾鐵塔的最高點了。

但是當麥克斯往下一看，
沒有任何觀眾，
沒有任何掌聲。

每個人都不見了！
因為沒有人想看一隻老虎
在巴黎街頭跳舞。

「我的夢想永遠不會成真的，」
麥克斯嘆了口氣說。
「我永遠不會在任何舞臺上發光。」

但並不是**每個人**都不見了喔。
有一個小小芭蕾伶娜一直在
看著麥克斯跳舞。
「早安！我是塞莉斯，」她說。
「擦乾眼淚跟我來吧。
我有個好主意！」

在芭蕾舞團的後臺，
塞莉斯幫麥克斯換裝。
她幫他找到了一雙最
合腳的芭蕾舞鞋……

還有一件老虎尺寸的芭蕾舞裙。

「如果大家又逃走了呢？」麥克斯擔心的問。
塞莉斯握著他的腳掌。
「你就當作自己正單腳轉圈，跳過整個巴黎，」她輕聲的說。

「跳出只屬於你的舞步吧。你是麥克斯，穿著芭蕾舞裙的老虎啊！」

所以麥克斯奮力一跳，
跳進了聚光燈下。
多麼絢麗的出場啊。
多麼閃耀動人的時刻啊。

多麼……

大家都嚇得四處逃竄！

當麥克斯往下一看，
沒有任何觀眾，**沒有**任何掌聲。
但這一次，他並不孤單。
他聽到一個小小的聲音，
　「來跳舞吧，就我們兩個。」

所以，他們兩個一起，麥克斯和塞莉斯，
　單腳轉圈，然後下蹲。

他們轉啊轉

他們墊腳尖

就是這樣！

然後他們以一個漂亮
的敬禮做為結束。

接著麥克斯與塞莉斯聽到了歡呼。
他們聽到喝采聲和喊叫聲！

他們放眼望去，
逃跑的人群停下來了。
觀眾都轉身回來看這對好朋友跳舞！

最後，麥克斯終於美夢成真。
他成為一個芭蕾明星，在舞臺上閃閃發亮！

而且，最棒的是，他現在有
個朋友陪著他一起跳舞了。